Vente du Samedi 11 Mai 1889.

Hôtel Drouot. — Salle N° 4.

CATALOGUE

DE BEAUX

LIVRES MODERNES

ÉDITIONS D'AMATEURS. — CURIOSITÉS BIBLIOGRAPHIQUES
EXEMPLAIRES SUR PAPIERS DU JAPON, CHINE, HOLLANDE
PUBLICATIONS DE L. CONQUET, LAUNETTE,
JOUAUST, LEMERRE, ROUQUETTE, ETC.

PROVENANT DE LA

BIBLIOTHÈQUE DE Mr DE LA P...

PARIS
A. DUREL, LIBRAIRE
21, RUE DE L'ANCIENNE-COMÉDIE, 21
9 ET 11, PASSAGE DU COMMERCE, 9 ET 11

1889

LA VENTE AURA LIEU

Le Samedi 11 Mai 1889

A deux heures précises

HOTEL DES COMMISSAIRES-PRISEURS, 9, RUE DROUOT

Salle nº 4, (au premier étage)

Par le Ministère de Mᵉ MAURICE DELESTRE, Commissaire-Priseur,

Rue Drouot, 27.

Assisté de M. A. DUREL, Libraire

21, rue de l'Ancienne-Comédie, 9 et 11, passage du Commerce

ORDRE DE LA VACATION

Livres modernes. . . . . 19 à 210

Publications de L. Conquet. . . . . 1 à 18

CONDITIONS DE LA VENTE

La vente se fait au comptant.

Les acquéreurs payeront 5 p. 100 en sus des enchères, applicables aux frais.

Les livres devront être collationnés sur place dans les vingt-quatre heures de l'adjudication. Passé ce délai, ou une fois sortis de la salle de vente, ils ne seront repris pour aucune cause.

M. A. DUREL, chargé de la vente, remplira les Commissions des personnes qui ne pourraient y assister.

M. A. DUREL, se réserve la faculté de réunir et de vendre en un seul lot tels articles du Catalogue qu'il jugera utile à l'intérêt de la vente.

CATALOGUE

DE BEAUX

LIVRES MODERNES

ÉDITIONS D'AMATEURS. — EXEMPLAIRES SUR PAPIER DU JAPON, CHINE, HOLLANDE. — PUBLICATIONS DE L. CONQUET, JOUAUST, LEMERRE, G. CHARPENTIER, ETC., ETC.

PUBLICATIONS L. CONQUET

1. **Béquet** (E.). Marie, ou le Mouchoir bleu, notice littéraire par Ad. Racot, 6 compositions par de Sta, gravées par Abot. *Paris, L. Conquet*, 1884, in-16, br., couv.

   L'un des 75 exemplaires tirés sur papier vélin à la cuve, renfermant 2 états des eaux-fortes (Avant et avec la lettre.)

2. **Calendrier parisien**, pour 1886, 12 sonnets d'Ern. d'Hervilly et 13 pointes sèches, de H. Boutet. *Paris, L. Conquet*, 1886, pet. in-12, cart. en satin rose, non rog.

   L'un des 50 exemplaires tirés sur papier du Japon, avec double état des pointes sèches. N° 4.

3. **Champfleury**. Le Violon de Faïence, nouvelle édition illustrée de 34 eaux-fortes de Jules Adeline, avant-propos de l'auteur. *Paris, L. Conquet*, 1885, in-8 écu br., couv. illust.

   L'un des 150 exemplaires tirés sur papier du Japon impérial. N° 83.

4. **Claretie** (J.). La Canne de M. Michelet, promenades et souvenirs, préface par Alf. Mézières, 12 compositions de P. Jazet, gravées à l'eau-forte par H. Toussaint. *Paris, L. Conquet*, 1886, in-8, br., couv.

L'un des 150 exemplaires tirés sur papier du Japon, avec deux états des planches, dont l'*avant la lettre*. N° 50.

5. **Daudet** (A.). Fromont jeune et Risler aîné, mœurs parisiennes, notice littéraire par G. Geffroy, 12 compositions de Em. Bayard, grav. à l'eau-forte par J. Massard. *Paris, L. Conquet*, 1885, 2 vol. in-8, br., n. c., couv.

L'un des 125 exemplaires tirés sur papier du Japon, contenant 2 états des gravures (*avant la lettre et avec la lettre*).

6. **Gautier** (Th.). Mademoiselle de Maupin. Double Amour. Réimpression textuelle de l'édition originale, notice bibliographique par M. Charles de Lovenjoul. *Paris, L. Conquet, G. Charpentier*, 1883, 2 vol. gr. in-8, portr. br., couv.

L'un des 150 exemplaires tirés sur papier du Japon extra, avec deux états des gravures, AVANT ET AVEC LA LETTRE *et les planches refusées.*

7. **Halévy** (L.). Trois coups de foudre, 10 dessins de Kauffmann, gravés par T. de Mare. *Paris, L. Conquet*, 1886, in-16, br., couv.

L'un des 150 exemplaires tirés sur papier du Japon. N° 90. Epuisé.

8. **Musset** (Alf. de). Nouvelles : les Deux Maîtresses ; Emmeline ; le Fils du Titien ; Frédéric et Bernerette ; Pierre et Camille, nouvelle édition illustrée de 1 portrait gravé par Burney d'après une miniature de Marie Moulin, et de 15 compositions de F. Flameng et O. Cortazzo, gravées à l'eau-forte par Mordant et Lucas. *Paris, L. Conquet*, 1887, in-8 raisin, br., couv.

L'un des 350 exemplaires tirés sur petit papier vélin.

9. **Muller** (Eug.). La Mionette, 28 compositions de O. Cortazzo, gravées à l'eau-forte par Abot et Clapès. *Paris, L. Conquet*, 1885, in-12, br., couv.

L'un des 150 exemplaires tirés sur papier de Hollande, n° 115.

10. **Muller** (E.). La Mionette, 28 compositions de O. Cortazzo. gravées à l'eau-forte par Abot et Clapès. *Paris, L. Conquet*, 1885, in-16, br., couv.

L'un des 150 exemplaires tirés sur papier vélin teinté. N° 536.

11. **Nerval** (G. de). Sylvie. Souvenirs du Valois, préface par L. Halévy, 42 compositions dessinées et gravées à l'eau-forte par Ed. Rudaux. *Paris, L. Conquet*, 1886.

L'un des 150 exemplaires tirés sur papier du Japon. N° 146.

12. **Soulié** (F.). Le Lion Amoureux. Nouvelle édition, illustrée de 19 vignettes dessinées par Sahib et gravées au burin sur acier par Nargeot, avec notice historique et littéraire par L. Halévy. *Paris, L. Conquet*, 1882, in-18, br., couv.

L'un des 50 exemplaires tirés sur grand papier du Japon blanc, avec tirage à part des vignettes. N° 12.

13. **Stendhal** (de) **Henry Beyle.** La Chartreuse de Parme. Réimpression textuelle de l'édition originale. Illustrée de 32 eaux-fortes par V. Foulquier, préface de Francisque Sarcey. *Paris. L. Conquet*, 1883, 2 vol. in-8, front. vign. en-têtes et culs-de-lampe, br., couv.

L'un des 50 exemplaires tirés sur papier du Japon contenant 2 états des eaux-fortes dont les tirages à part.

14. **Stendhal** (de) **Henry Beyle.** Le Rouge et le Noir. Réimpression textuelle de l'édition originale. Illustrée de 80 eaux-fortes par H. Dubouchet, préface de Léon Chapron. *Paris, L. Conquet*, 1884, 3 vol. in-8, portr., vign. et culs-de-lampe, br., couv.

L'un des 50 exemplaires tirés sur papier du Japon, contenant 2 états des eaux-fortes dont les tirages à part.

15. **Theuriet** (A.). Sous Bois. Nouvelle édition, illustrée de 78 compositions de H. Giacomelli, gravées sur bois par Berveiller, Froment, Méaulle et Rouget, préface de J. Claretie. *Paris, L. Conquet, G. Charpentier*, 1883, in-8, br. couv. illust. d'un dessin de H. Giacomelli peint à l'aquarelle.

L'un des 150 exemplaires tirés sur grand papier du Japon. N° 92.

16. **Theuriet** (A.) Les Œillets de Kerlaz, édition originale, illustrée de 4 eaux-fortes de Rudaux, de 8 en-têtes et culs-de-lampe de Giacomelli, gravés par T. de Mare. *Paris, L. Conquet*, 1885, in-18, br., couv. illust.

L'un des 100 exemplaires tirés sur papier du Japon. N° 34.

17. **Tillier** (Cl.). Mon Oncle Benjamin. Nouvelle édition, illustrée d'un portrait-frontispice et de 42 dessins de

Sahib, gravés sur bois par Prunaire, avec une préface par Monselet. *Paris, L. Conquet*, 1881, 2 vol. in-8, br., couv. illust. de compositions dess. par Sahib, gr. par Prunaire et impr. en 3 couleurs.

L'un des 50 exemplaires tirés sur papier du Japon blanc. N° 45.

18. **Zola** (E.). Nouveaux Contes à Ninon, 1 frontispice et 30 compositions dessinés et gravés à l'eau-forte par Ed. Rudaux. *Paris, L. Conquet*, 1886, 2 vol. in-8, br., n. c., couv.

L'un des 58 exemplaires tirés sur papier du Japon, avec 2 états des gravures *(avant et avec la lettre)*.

---

19. **ABOUT** (E.). Le Nez d'un Notaire, 1 frontispice et 12 vignettes dessinés et gravés par Géry-Richard. *Paris, C. Lévy*, 1886, pet. in-8, br., couv.

L'un des 225 exemplaires tirés sur papier vélin à la cuve.

20. **Adam** (Mme Edm.) (Juliette Lamber). Récits d'une Paysanne, illustrations de G. Fraipont. *Paris, J. Lemonnyer*, 1885, in-8, br., couv.

L'un des 100 exemplaires tirés sur papier du Japon, avec tirage à part, en bistre, de toutes les vignettes. N° 36.

21. **Agnières** (Aimé B. d'). Armorial spécial de France. Recueil authentique des Généalogies historiques des familles nobles et titrées, comprenant la possession actuelle et légale des noms de Fiefs, Terres nobles, Domaines seigneuriaux, Chatellenies, Seigneuries de l'ancienne France, précédés du nom patronymique avec ou sans particule, véritable preuve de vieille noblesse. Ouvrage contenant un grand nombre de Blasons gravés et l'état présent des Maisons souveraines. *Paris, J. Claye*, 1877, gr. in-8, br., n. c., couv.

22. **Aicard** (J.). La Chanson de l'Enfant, nouvelle édition ornée de 128 compositions par T. Lobrichon avec la collaboration de E. Rudaux, gravées sur bois par L. Rousseau. *Paris, Chamerot*, 1884, in-4, br., couv.

L'un des 150 exemplaires tirés sur papier teinté des manufactures impériales du Japon, avec le portrait de l'auteur en 2 états, AVANT ET AVEC LA LETTRE, et le tirage à part, hors texte, des 128 compositions. N° 10.

23. **Andrieux** (L.). Souvenirs d'un Préfet de Police. *Paris, Rouff et Cie*, 1885, 2 vol. in-12, br.

Edition originale avec les couvertures.
Exemplaire sur papier de Hollande.

24. **AUMALE** (Duc d'). **HISTOIRE DES PRINCES DE CONDÉ**, pendant les XVIe et XVIIe siècles. *Paris, M. Lévy, frères*, 1863-1886, 4 vol. in-8, portraits, br., n. c., couv.

Exemplaire tiré sur papier de Hollande.

25. **BALZAC** (H. de). Le Colonel Chabert, avec 1 portrait et 6 compositions de Delort, gravées par Boisson. *Paris, C. Lévy*, 1886, pet. in-8, br., couv.

L'un des 225 exemplaires tirés sur papier vélin, du Marais.

26. **Banville** (Th. de). Mes Souvenirs. *Paris, G. Charpentier*, 1882, in-12, br.

Edition originale avec la couverture.
Exemplaire tiré sur papier de Hollande.

27. **Banville** (Théod. de). Contes féeriques avec un dessin de G. Rochegrosse. *Paris, Charpentier*, 1882, in-12, br.

Edition originale avec la couverture.
L'un des 10 exemplaires tirés sur papier de Chine. N° 6.

28. **Banville** (Th. de). Socrate et sa femme, comédie. *Paris, Calmann Lévy*, 1886, in-12, br.

Edition originale avec la couverture.
Exemplaire tiré sur papier de Hollande.

29. **Barbey d'Aurévilly** (J.). Le Chevalier des Touches. Dessins de Julien Le Blant gravés par Champollion. *Paris, Librairie des Bibliophiles*, 1886, in-8 carré, portr. et fig., br., couv.

L'un des 20 exemplaires tirés sur papier Whatman, avec double épreuve des gravures, AVANT ET AVEC LA LETTRE.

30. **Bardoux** (A.). La Comtesse Pauline de Beaumont. *Paris, C. Lévy*, 1884, in-8, br , n. c , couv.

L'un des 5 exemplaires tirés sur papier de Hollande.

31. **Beaumarchais** (de) **LA FOLLE JOURNÉE,** ou le **MARIAGE DE FIGARO**, comédie en cinq actes, en prose. Représentée pour la première fois, par les Comédiens français ordinaires du Roi, le mardi 27 avril 1784.

De l'imprimerie de la Société littéraire typographique (Kehl), et se trouve à Paris, chez Ruault, 1785, gr. in-8, fig., demi-rel. dos et coins de mar. r., dos orné, fil., tête dor., non rog. (*Capé*).

5 figures par Saint-Quentin, gravées C. N. Malapeau et Roi. Edition originale.

32. **Beaumarchais** (C. de). Le Barbier de Séville, le Mariage de Figaro, préface de Vitu. Dessins de S. Arcos, gravés à l'eau-forte par Monziès. *Paris, Librairie des Bibliophiles*, 1882, 2 vol. in 8, br., n. c., couv.

L'un des 10 exemplaires tirés sur papier du Japon, avec triple épreuve des gravures.

33. **Beaumont** (E de). Un Drame dans une Carafe. Dessins par Louis Leloir. *Paris, Librairie des Bibliophiles*, 1882, pet. in-4, front. par L. Leloir et dessins dans le texte, cart. élégant avec rubans, non rog.

L'un des 25 exemplaires tirés sur papier Whatman, *avec le frontispice avant la lettre.*

34. **Béraldi** (H.). 1865-1885. Bibliothèque d'un bibliophile. *Lille, impr. L. Danel*, 1885, pet. in-8, pap. vergé de Holl., br., couv.

Rare.

35. **Béraldi** (H). 1872-1884. Mes Estampes. *Lille, impr. L. Danel*, 1884, pet. in-8. pap. vélin teinté, br., couv.

Tiré à 100 exemplaires. N° 48.

36. **Berthelot.** Science et philosophie *Paris, C. Lévy*, 1886, in-8, br., couv.

Exemplaire sur papier de Hollande.

37. **Boileau** (N.). Œuvres poétiques, suivies d'Œuvres en prose, pub. avec notes et variantes par P. Chéron. *Paris, Librairie des Bibliophiles*, 1876, 2 vol. in-8 écu, portr. gr. à l'eau-forte par Ad. Lalauze, br., couv.

L'un des 170 exemplaires tirés sur papier de Hollande.

38. **Bouchot** (H.). Les Reliures d'Art à la Bibliothèque Nationale, 80 planches, reproduites d'après les originaux par Aron frères. *Paris, Rouveyre*, 1888, gr. in-8, couv. illust.

L'un des 100 exemplaires tirés sur papier de la Manufacture Impériale de Tokio (Japon). N° 5.

39. **Bourget** (Paul). Un Crime d'Amour. – André Cornélis. *Paris, Alphonse Lemerre*, 1886-87, 2 vol. in-12, br.

Editions originales avec les couvertures.
Exemplaires tirés sur papier de Hollande.

40. **Brantome.** Les Sept Discours touchant les Dames galantes, pub. sur les mss. de la Bibliothèque nationale par H. Bouchot. Dessins d'Ed. de Beaumont, gravés par E. Boilvin. *Paris Librairie des Bibliophiles*, 1882, 3 vol. in-8, br., n. c., couv.

L'un des 10 exemplaires tirés sur papier du Japon, avec triple épreuve des gravures.

41. **Broglie** (Duc de). Souvenirs (1785-1870), du feu duc de Broglie, de l'Académie française. *Paris, C. Lévy*, 1886, 4 vol. in-8, br., n c., couv.

L'un des 30 exemplaires tirés sur papier de Hollande.

42. **Broglie** (Duc de). Frédéric II et Marie-Thérèse, d'après des documents nouveaux (1740-1742). *Paris, C Lévy*, 1883, 2 vol. — Frédéric II et Louis XV, d'après des documents nouveaux (1742-1744). *Paris, C. Lévy*, 1885, 2 vol. - Ensemble 4 vol. in-8, br , n. c., couv.

Exemplaires sur papier de Hollande.

43. **Cazotte** (J.). Le Diable amoureux, avec la préface de Gérard de Nerval, 7 eaux-fortes par Ad. Lalauze. *Paris, Librairie des Bibliophiles*, 1883, in-8, br., n. c., couv.

L'un des 10 exemplaires tirés sur papier du Japon, avec triple épreuve des gravures.

44. **Cellini** (Benvenuto) (La Vie de), écrite par lui-même, traduction par Léop. Leclanché, notes et index de M. Franco, illustrée de 9 eaux-fortes par F. Laguillermie et de reproductions des œuvres du maître. *Paris, Quantin*, 1881, gr. in-8, br., couv. illust.

Exemplaire sur papier vergé teinté.

45. **Champfleury**. Les Vignettes romantiques, histoire de la littérature et de l'art (1825-1840), 150 vignettes par C. Nanteuil, T. Johannot, Dévéria, J. Gigoux et autres. Suivi d'un Catalogue complet des Romans, Drames, Poésies, ornés de vignettes, de 1825 à 1840 *Paris, Dentu*, 1883, in-4, planches hors texte, tirées sur Japon, br., couv.

L'un des 100 exemplaires tirés sur papier vergé de Hollande.

45 *bis*.—*Le même ouvrage* sur papier vélin teinté, br., couv.

46. **Chevigné** (Cte de). Les Contes Rémois, dessins de E. Meissonier, 6e édition. *Paris, M. Lévy frères*, 1864, in-16, portr. et vign., br., n. c., couv.

Exemplaire sur papier rose.

47. **Clairambault-Maurepas** (Recueil). Chansonnier historique du XVIIIe siècle, pub. avec introduction, commentaire, notes et index par Em Raunié, orné de portraits à l'eau-forte par Rousselle. *Paris, Quantin*, 1879-1884, 10 vol. in-12, br., couv.

L'un des 50 exemplaires tirés sur papier de Chine, contenant les portraits en deux états, avant et avec la lettre.

48. **CLARETIE** (J.). Le Drapeau, 1 frontispice et 12 vignettes dessinés par Kauffmann, et gravés par Clapès. *Paris, C. Lévy*, 1886, pet. in-8, br, couv.

L'un des 225 exemplaires tirés sur papier vélin à la cuve.

49. **Daudet** (A.). Numa Roumestan, mœurs parisiennes. *Paris, Charpentier*, 1881, in-12, br.

Edition originale avec la couverture.
L'un des 275 exemplaires tirés sur papier de Hollande.

50. **Daudet** (A.). L'Evangéliste, roman parisien. *Paris, Dentu*, 1883, in-12, br.

Edition originale avec la couverture.
Exemplaire sur papier du Japon.

51. **Daudet** (A.). Tartarin sur les Alpes, nouveaux exploits du héros tarasconnais. Illustré d'aquarelles par Aranda, de Beaumont, Montenard, de Myrbach, Rossi, gravure de Guillaume frères. *Paris, C Levy*, 1885, in-8, demi-rel. dos et coins de chag. gaufré, pl. toile, fers spéciaux, tête dor., n. rog., couv. illust. *(Edition du Figaro)*.

51 *bis*. — *Le même ouvrage*, br., couv. ill.

52. **Demesse** (H.). Les Récits du père Lalouette, illustrations par MM. Alb. Bertrand, G. Bigot, H. Giacomelli, A. Lançon, M. Leloir, E. Morin, H. Pille, D. Vierge. *Paris, Ollendorff*, 1882, pet. in-4, br., couv.

L'un des 25 exemplaires tirés sur papier de Chine.

53. **Derôme** (L.). La Reliure de luxe, le Livre et l'Amateur. Illustrations inédites, reproduites d'après les types originaux par Aron frères, et dessins de G. Fraipont, C.

Kurner, M. Perret, Frontispice, reliure peinte par J. Adeline. *Paris, Rouveyre*, 1888, gr. in-8, br., couv.

L'un des 60 exemplaires tirés sur papier de la Manufacture Impériale de Tokio (Japon). n° 10.

54. **Déroulède** (P.). Le Premier Grenadier de France, La Tour d'Auvergne, étude biographique. Illustré par MM. Ed. Detaille, Berne-Bellecour, Baugnies et Ferdinandus. *Paris, G. Hurtrel*, 1886, in-16, pap. vélin, br., couv. illust., emboitage.

55. **Diderot.** Le Neveu de Rameau, Satire, revue sur les textes originaux et annotée par Maurice Tourneux, portrait et illustrations par F.-A. Milius. *Paris, Rouquette*, 1884, in-8, br., couv.

L'un des 150 exemplaires tirés sur papier des Manufactures impériales du Japon, contenant double épreuve des gravures.

56. **Didon** (Le Père). Les Allemands. *Paris, C. Lévy*, 1884, in-8, br , couv.

L'un des 20 exemplaires tirés sur papier de Hollande.

57. **Droz** (G.). Monsieur, Madame et Bébé, édition illustrée par Edm. Morin et ornée d'un portrait de l'auteur en frontispice, gravé par Léop. Flameng. *Paris, V. Havard*, 1878, gr. in-8, demi-rel. dos et coins de mar. cit., dos orné, fil , tête dor., n. rog.

L'un des 150 exemplaires tirés sur papier de Hollande. N° 12.

58. **Droz** (G.). Tristesses et Sourires. *Paris, V. Havard*, 1884, in-12, br., couv.

Édition originale.
Exemplaire sur papier Whatmann.

59. **Ducros** (E.). Une Cigale au Salon de 1885. Ouvrage contenant environ 50 encadrements reproduits en photogravure, imprimés en plusieurs teintes. *Paris, Baschet*, 1885, in-4, pap. du Marais, br., couv. illust.

60. **Dumas fils** (Alex.). Le Demi-Monde, comédie en cinq actes, en prose, 5e édit. *Paris, M Lévy frères*, 1855, in-12, br., couv.

Exemplaire sur papier de Hollande.

61. **Dumas fils** (A.). Une Lettre sur les choses du jour. *Paris, Michel Lévy frères*, 1871, in-12, br.

Edition originale avec la couverture.
Exemplaire sur papier de Hollande.

62. **Dumas fils** (A.). Monsieur Alphonse, pièce. *Paris, Michel Lévy frères*, 1874, in-8 br.

Edition originale.
Exemplaire sur papier de Hollande.

63. **Dumas fils** (Alex.). L'Etrangère, comédie en cinq actes. *Paris, C. Lévy*, 1877, in-8, br.

Edition originale avec la couverture.
Exemplaire sur papier de Chine.

64. **Dumas fils** (Alex.). La question du Divorce. *Paris, C. Lévy*, 1880, in-12 tiré gr in-8, br.

Edition originale avec la couverture.
L'un des 30 exemplaires tirés sur papier de Hollande. N° 12.

65. **Dumas fils** (Alex.). Les Femmes qui tuent et les femmes qui votent. *Paris, C. Lévy*, 1880, in-12, br.

Édition originale avec la couverture.
L'un des 12 exemplaires tirés sur papier Whatman. N° 2.

66. **Dumas fils** (Alex.). La Princesse de Bagdad, pièce en trois actes. *Paris, C. Lévy*, 1881, in-8, br.

Edition originale avec la couverture.
L'un des 25 exemplaires tirés sur papier de Hollande.

67. **Dumas fils** (A.). Lettre à M. Naquet. *Paris, Calmann Lévy*, 1882, in-12, br.

Edition originale avec la couverture
Exemplaire sur papier de Hollande.

68. **Dumas fils** (A). Denise, pièce en quatre actes. *Paris, Calmann Lévy*, 1885, in-8, br.

Edition originale, avec la couverture.
Exemplaire tiré sur papier de Hollande.

69. **Dumas** (Alex.) et Paul **Meurice.** Hamlet, prince de Danemarck (Shakespeare's Hamlet, prince of Denmark), drame en cinq actes, en vers. *Paris, C. Lévy*, 1886, in-8, br., couv.

L'un des 15 exemplaires tirés sur papier du Japon.

70. **Dumas fils** (Alex..). La Dame aux Camélias, préface de J. Janin, et nouvelle préface inédite de l'auteur. Illustrations de A. Lynch. *Paris, Quantin*, 1887, in-4. pap. vélin, front. en couleur, gr. par Gaujean, en-têtes de chapitres, en héliogravure tirés en taille-douce dans des tons variés, et 10 eaux-fortes hors texte grav. par Champollion et Massé, br., couv. illust.

71. **Dumas fils** (Alex.). Francillon, pièce en trois actes. *Paris, C. Lévy*, 1887, in-8, br.

Edition originale avec la couverture.
L'un des 75 exemplaires tirés sur papier de Hollande.

72 **Ephrussi** (Ch.). Les Bains de Femmes d'Albert Durer, avec 5 gravures hors texte. *Paris, librairie des Bibliophiles*, 1881 in-4, pap. de Holl., br., couv.

73. **Farce de Maître Pathelin** (La), comédie du moyen âge, arrangée en vers modernes par Georges Gassies des Brulies, avec 16 compositions en taille-douce, hors texte par Boutet de Monvel. *Paris, Delagrave, s. d.*, gr. in-8, br., couv.

Exemplaire tiré sur papier du Japon.

74. **Feuillet** (O.). Julia de Trécœur, 1 frontispice et 15 vignettes dessinés par Henriot et gravés par Clapès. *Paris, C. Lévy*, 1885, in-12, br , couv.

L'un des 50 exemplaires tirés sur papier du Japon. N° 44.

75. **Feuillet** (O.). La Morte. *Paris, C. Lévy*, 1886, in-12, br., n. c., couv.

Edition originale.
L'un des 15 exemplaires tirés sur papier du Japon. N° 4.

76. **Flaubert** (G.). Madame Bovary, mœurs de province, 12 compositions par Alb. Fourié, gravées à l'eau-forte par E. Abot et D. Mordant. *Paris, Quantin*, 1885, in-8, pap. à la cuve, cart. demi-rel. mar violet, non rog , couv. avec médaillon en or repoussé en relief.

Exemplaire auquel on a ajouté les 12 compositions d'Albert Fourié en deux états, dont 6 en premier état avec les noms des artistes au crayon et 6 autres, épreuves terminées, avant la lettre, plus la suite des 7 eaux-fortes composées et gravées par Boilvin, épreuves tirées sur papier de Hollande avant la lettre, et un portrait de G. Flaubert, gravé à l'eau-forte par Ed. Liphart, épreuve sur Chine volant, avant la lettre. — *Ensemble 32 pièces.*

77. **Flaubert** (G.). Salammbô. *Paris, M. Lévy frères*, 1863, in-8, br.

Édition originale avec la couverture.

78. **Flaubert** (G.). Lettres à George Sand, précédées d'une étude par Guy de Maupassant. *Paris, Charpentier et Cie*, 1884, in-12, br., couv.

L'un des 50 exemplaires tirés sur papier de Hollande.

79. **FLORIAN**. Fables, préface par M. A. de Montaiglon, compositions inédites de Moreau, gravées par Martial. *Paris, Rouquette*, 1882, in-16, br., couv.

L'un des 20 exemplaires tirés sur papier du Japon impérial, contenant le tirage à part des gravures en 4 états, eaux-fortes pures, noir et bistre ; figures terminées, bistre, figures terminées, noir, in-8, en carton.

80. **Fortunatus** (Les Aventures merveilleuses de), avec une préface par H. Fouquier, et 120 dessins dans le texte, par Ed. de Beaumont. *Paris, librairie des Bibliophiles*, 1887, in-4, br., n. c., couv.

81. **Fouquier** (A.). Chants populaires Espagnols, quatrains et Séguidilles avec accompagnement pour piano. Dessins de Santiago Arcos, imprimés hors texte. *Paris, librairie des Bibliophiles*, 1882, in-4, pap. de Holl. avec les pl. hors texte, tirées sur Japon, br , couv.

82. **Fournel** (V.) Les Rues du Vieux Paris. Galerie populaire et pittoresque. Ouvrage illustré de 165 gravures sur bois. *Paris, F.-Didot et Cie*, 1879, gr. in-8, br., couv. illust.

83. **Galerie historique** des Comédiens de la troupe de Nicolet....., par de Manne et Ménetrier, avec portraits à l'eau-forte, par Hillemacher. *Lyon, Scheuring*, 1869, in-8, br., couv.

Première édition.

84. **Galland**. Les Mille et Une Nuits, contes arabes, réimprimés sur l'édition originale avec une préface de J Janin, 21 eaux-fortes par Ad. Lalauze. *Paris, librairie des bibliophiles*, 1881, 10 vol. in-8, br., n. c., couv.

L'un des 10 exemplaires tirés sur papier du Japon, avec triple épreuve des gravures.

85. **Garcia** (Mlle Marie). La Confession d'Antonine, préface de L. Gozlan. *Paris, M. Lévy*, 1864, pet. in-12, portr. par Ad. Nargeot, br., couv.

Imprimé à 125 exemplaires.
L'un des 100 exemplaires tirés sur papier vélin.

86. **Gautier** (Th.). Mademoiselle de Maupin avec un portrait de l'auteur gravé par Eug. Abot, d'après le médaillon de David d'Angers et un portrait de Mlle de Maupin, par Th. Gautier, reproduit en fac-simile. *Paris, Charpentier*, 1880, in-12, cart. non rog.

Exemplaire sur papier de Hollande.

87. **Gautier** (Th.). Mademoiselle de Maupin. Suite de 10 eaux-fortes gravées par A. Poirson. *Paris, Nadaud et Cie*, in-4, en carton.

Épreuves sur papier de Hollande, avant la lettre.

88. **Gautier** (Judith). Isoline, avec 12 eaux-fortes par Aug. Constantin. *Paris, Charavay frères*, 1882, pet. in-4, pap. de Holl , cart. en soie bleue, non rog.

89. **Girardin** (E. de). Le Supplice d'une Femme, drame en trois actes. *Paris, M. Lévy frères*, 1865, in-8, br.

Édition originale avec la couverture, tirée à 100 exemplaires sur papier vélin.

90. **Gœthe.** Faust, tragédie, traduction d'Albert Stapfer, avec une préface par P. Stapfer, dessins de J.-P. Laurens, gravés par Champollion. *Paris, librairie des Bibliophiles*, 1885, in-8, br., couv.

L'un des 25 exemplaires tirés sur papier Whatman, contenant double épreuve des gravures, *(avant et avec la lettre)*.

91. **Goncourt** (E. et J. de). Germinie Lacerteux, 10 compositions par Jeanniot, gravées à l'eau-forte, par L. Muller. *Paris, Quantin*, 1886, in-8, pap. vél., br., couv. avec médaillon en or repoussé en relief.

92. **Goncourt** (E. et J. de). La Femme au XVIIIe siècle. Nouvelle édition, revue, augmentée et illustrée de 64 reproductions sur cuivre, par Dujardin, d'après les originaux de l'époque. *Paris, F. Didot et Cie,* 1887, in-4, br., couv.

L'un des 100 exemplaires tirés sur papier vélin.
Epuisé.

93. **Goncourt** (J. de). Lettres. *Paris, G. Charpentier et Cie*, 1885, in-12, portrait et fac-simile, br.

Édition originale avec la couverture.
Exemplaire tiré sur papier de Hollande.

94. **Halévy** (L.). Un Mariage d'Amour. *Paris, C. Lévy*, 1881, in-12, br.

Edition originale avec la couverture.
Exemplaire sur papier de Hollande.

95. **HALÉVY** (L.). La Famille Cardinal, 1 frontispice et 8 vignettes dessinés par E. Mas, et gravés par J. Massard. *Paris, C. Lévy*, 1883, pet. in-8, br., couv.

L'un des 200 exemplaires tirés sur papier vergé du Marais. N° 169. — Signature de l'auteur sur le faux-titre.

96. **Halévy** (L). La Famille Cardinal *Paris, C. Lévy*, 1883, in-12, br., couv.

L'un des 50 exemplaires tirés sur papier du Japon. N° 36.
On y a ajouté la suite complète du frontispice et des 8 vignettes dessinées par E. Mas, grav par J. Massard.
Epreuves avant la lettre sur Japon.

97. **Halévy** (L.). Deux Mariages. Un Grand Mariage. Un Mariage d'Amour. *Paris, C. Lévy*, 1883, in-12, br. couv.

L'un des 50 exemplaires tirés sur papier du Japon. N° 37.

98. **Halévy** (L.) Princesse. Un Grand Mariage, les Trois Coups de Foudre, mon Camarade Mussard. *Paris, C. Lévy*, 1887, in-12, br., couv.

L'un des 25 exemplaires tirés sur papier du Japon. N° 19.

99. **Haller** (G.) (Valérie Fould). Le Bleuet, préface de G. Sand. *Paris, M. Lévy frères*, 1875, in-8, br., couv. illust.

Exemplaire sur papier de Chine.

100. **Haller** (G.) (Mme Valérie Fould). Vertu. *Paris, C. Lévy*, 1876, in-8, br., n. c., couv. illust. d'un dessin de Carpeaux.

Exemplaire sur papier de Chine.

101. **Haussonville** (Cte d'.). Ma Jeunesse (1814-1830). Souvenirs. *Paris, C. Lévy*, 1885, in-8, br. couv.

L'un des 25 exemplaires tirés sur papier de Hollande.

102. **Havard** (H.). L'Art dans la Maison (Grammaire de l'Ameublement). Illustrations de MM. Corroyer, C. David, E. Prignot, Favier, Kauffmann, Scott, Lancelot, etc. *Paris, Rouveyre et Blond*, 1884, in-4, br. n. c., couv. repliée.

L'un des 25 exemplaires tirés sur papier du Japon, avec double épreuve des planches hors texte, avant et avec la lettre. N° 2.

103. **Heine** (H.). Mémoires, traduction de J. Bourdeau. *Paris, C. Lévy*, 1884, in-12, br. couv.

L'un des 20 exemplaires tirés sur papier du Japon. N° 12.

104. **Hoffmann.** Contes fantastiques, tirés des frères de Sérapion et des Contes nocturnes, traduction de Loève-Veimars, avec une préface par G. Brunet, 11 eaux-fortes par Ad. Lalauze. *Paris, Librairie des Bibliophiles*, 1883, 2 vol. in-8, br. n. c., couv.

L'un des 10 exemplaires tirés sur papier du Japon, avec triple épreuve des gravures.

105. **Houssaye** (A.). Voyage à ma fenêtre. *Paris, V. Lecou, s. d* (1851), gr. in-8, front. gr., nomb. fig. dans le texte et pl. hors texte, demi-rel. chag. violet, dos orné, fil., tr. dor. (*Brissart-Binet*).

Première édition

106. **Houssaye** (A.). Le roi Voltaire, sa généalogie, sa jeunesse, ses femmes, etc. *Paris, Dentu*, 1878, in-12, br., couv.

L'un des 100 exemplaires tirés sur papier de Hollande, renfermant le couronnement de Voltaire de Léop. Flameng et La Guillermie, d'après Moreau le jeune, la Médaille du roi Voltaire et 4 portraits, par Hanriot, d'après Huber, avec les figures en 2 états, avant la lettre, sur Chine volant, et avec la lettre sur Hollande.

107. **Houssaye** (A.). Histoire de Léonard de Vinci. *Paris, Didier et Cie*, 1869, in-8, portr. à l'eau-forte, par Laguillermie, br. n. c., couv.

Exemplaire en grand papier vélin.

108. **Hugo** (V.) William Shakespeare. *Paris, Librairie internationale*, 1864, in-8, br.

Edition originale.
Exemplaire tiré sur papier de Hollande.

109. **Hugo** (V.). L'Ane. *Paris, C. Lévy*, 1880, in-8, br. n. c.

Edition originale avec la couverture. L'un des 40 exemplaires tirés sur papier de Hollande. N° 8.

110. **Hugo** (V.). L'Année terrible. Illustrations de L. Flameng et D. Vierge. *Paris, M. Lévy frères*, 1874, gr. in-8, br., couv.

Exemplaire en grand papier de Hollande.

111. **Hurtrel** (Mme A.) Les Aventures Romanesques d'un Comte d'Artois, d'après un ancien manuscrit orné de dessins..., *Paris, G. Hurtrel*, 1883, in-16, pap. vèlin, fig. br. *emboîtage*.

112. **Jacquemart** (A.). Histoire de la Céramique, étude descriptive et raisonnée des Poteries de tous les temps et de tous les peuples. Ouvrage contenant 200 figures sur bois par H. Catenacci et J. Jacquemart, 12 planches gravées à l'eau-forte par J. Jacquemart, 1.000 marques et monogrammes. *Paris. Hachette et Cie*, 1873, gr. in-8, demi-rel. chag. r., pl. toile tr. dor.

113. **Jullien** (Ad.). Richard Wagner, sa vie et ses œuvres, ouvrage orné de 14 lithographies originales, par Fantin-Latour, de 15 portraits de Richard Wagner, de 4 eaux-fortes, et de 120 gravures, scènes d'opéras, caricatures, vues de théâtres, autographes, etc. *Paris, Rouam*, 1886, in-4, br., couv.

114. **La Fontaine**. Fables illustrées par Grandville. *Paris, Furne et Cie*, 1842, 2 vol. gr. in-8, demi-rel. dos et coins de chag. r., tête jasp. non rog.

115 **LA FONTAINE**. Fables, avec une préface par Théod. de Banville. Compositions inédites de Moreau, gravées par Milius. *Paris, Rouquette*, 1883, 2 vol. in-18, br. n. c., couv.

L'un des 20 exemplaires tirés sur papier du Japon, contenant le tirage à part des gravures en quatre états, eaux-fortes pures, noir ; eaux-fortes pures, bistre : figures terminées, bistre : figures terminées, noir, in-8, en carton.

116. **Lamartine** (de) Jocelyn, épisode, avec dessins de Besnard, gravés par de Los Rios, portrait gravé par Champollion. *Paris. Librairie des Bibliophiles*, 1885, gr. in-8, br., couv. repliée.

L'un des 160 exemplaires tirés sur vélin de Hollande à la forme.

117. **Le Sage** (A. R.). Le Diable boiteux, avec une préface par H. Reynald. Gravures à l'eau-forte par Ad. Lalauze. *Paris, Librairie des Bibliophiles*, 1880, 2 vol. in-8, br., n. c., couv.

L'un des 10 exemplaires tirés sur papier du Japon, avec triple épreuve des gravures.

118. **Livre des Têtes de Bois** (Le). Ouvrage orné de 18 dessins en fac-simile et 16 eaux-fortes. *Paris, Charpentier*, 1883, in-8, titre r. et n., br. couv. illust.

Tirage à 500 exemplaires numérotés. N° 141.

119. **Loti** (P.). Propos d'Exil *Paris, C. Lévy*, 1887, in-12, br. n. c., couv.

Edition originale.
L'un des 30 exemplaires tirés sur papier de Hollande. N° 27.

120. **Louvet de Couvray**. Les Amours du Chevalier de Faublas, avec une préface par Hipp. Fournier. Dessins de Paul Avril, gravés à l'eau-forte par Monziés. *Paris, Librairie des Bibliophiles*, 1884, 5 vol. in-8, portr. et fig. br. n. c., couv,

L'un des 20 exemplaires tirés sur papier Whatman, avec double épreuve des gravures, AVANT ET AVEC LA LETTRE.

121. **Malot** (H.). Zyte. *Paris, Charpentier et Cie*, 1886. — Vices Français. *Paris, Charpentier et Cie*, 1887. — Ensemble 2 vol. in-12, br.

Editions originales avec les couvertures.
Exemplaires sur papier de Hollande.

122. **Maupassant** (G. de). Une Vie. *Paris, V. Havard*, 1883, in-12, br.

Edition originale avec la couverture.
Exemplaire sur papier de Hollande.

123. **Maupassant** (G. de). Bel-Ami. *Paris, V. Havard*, 1885, in-12, br.

Edition originale avec la couverture.
Exemplaire sur papier de Hollande.

124. **Maupassant** (G. de). Au Soleil. *Paris, V. Havard*, 1884.—La Petite Roque. *Paris*, 1886.—Mont-Oriol. *Paris*, 1887. — Ensemble 3 vol. in-12, br.

Editions originales avec les couvertures.
Exemplaires sur papier de Hollande.

125. **Maupassant** (G. de). Contes du jour et de la nuit. Illustrations de P. Cousturier. *Paris, Marpon et Flammarion, s. d.*, in-12, front. à l'eau-forte de P. Cousturier et vign., br., couv. illust.

Exemplaire sur papier du Japon.

126. **Maupassant** (G. de). Toine, illustrations de Mesplès. *Paris. Marpon et Flammarion, s. d.*, in-12, front. à l'eau-forte de Mesplès et vign., br., couv. illust.

L'un des 50 exemplaires tirés sur papier de Hollande.

127. **Maupassant** (G. de). Le Horla. *Paris, Ollendorff*, 1887, in-12, br.

Edition originale avec la couverture.
L'un des 40 exemplaires tirés sur papier de Hollande.

128. **Mendès** (C.). Poésies. Première série. Le Soleil de Minuit — Soirs moroses — Contes épiques — Intermède — Hespérus — Philoméla — Sonnets — Pantéleïa — Pagode — Sérénades. *Paris, Sandoz et Fischbacher*, 1876, gr. in-8, pap. vél., titre r. et n., br., couv.

129. **Mérignac** (E.). Histoire de l'Escrime, dans tous les temps et dans tous les pays (Antiquité), eaux-fortes de M. Malval, dessins de M. Dupuy. *Paris, imprimeries réunies, C.*, 1883, gr. in-8, portr. et fig., br., couv.

130. **MÉRIMÉE** (P.). Carmen, 1 frontispice et 8 vignettes dessinés par S. Arcos et gravés par A. Nargeot *Paris, C. Lévy*, 1884, pet. in-8, br., couv.

L'un des 225 exemplaires tirés sur papier vélin à la cuve.

131. **Mérimée** (P.) Carmen. *Paris, C. Lévy*, 1884, in-12, br., couv.

L'un des 50 exemplaires tirés sur papier du Japon. N° 43.
On y a ajouté, la Suite complète du frontispice et des 8 vignettes, dessinées par Arcos, grav. par A Nargeot.
Epreuves avant la lettre sur Japon.

132. **Mielot** (J.). Vie de Ste-Catherine d'Alexandrie, texte revu et rapproché du français moderne, par Marius Sepet. *Paris, G. Hurtrel*, 1881, in-4, avec illustrations par MM. U. Vierge, E Morel, Goutzwiller, Guillemet, Méaulle, Gillot, Dujardin, etc., texte encadré d'ornem. demi-rel. dos et coins de chag. r., dos orné, fil., tête dor., non rog.

133. **Millevoye.** Œuvres, édition publiée avec des pièces nouvelles et des variantes par P.-L. Jacob (Bibliophile), 7 eaux-fortes par Ad. Lalauze. *Paris, Quantin*, 1880, 3 vol. pet in-8, portr. et fig., br., couv.

L'un des 50 exemplaires tirés sur papier de Chine, avec double épreuve des figures, sur Chine avant la lettre, et sur Hollande avec la lettre.

134. **Milien** (A.). Premières et Nouvelles Poésies (1859-1873). Edition refondue. *Paris, Lemerre*, 1875-77, 2 vol. gr. in-8. pap. vél. titre r. et n., front. à l'eau-forte par H. de Gourcy, br., couv.

135. **MOLIÈRE.** Œuvres complètes, ornées de compositions inédites par Jacques Leman. Réimpression textuelle sur les éditions originales, avec notices par A. de Montaiglon. *Paris, J. Lemonnier*, 1883-85 (fasc. I à XII), in-4, br. couv.

L'un des 125 exemplaires tirés sur papier des Manufactures impériales du Japon, avec une deuxième suite de toutes les gravures du texte et hors texte, tirées à part en *bistre*, et une troisième suite en *sanguine* des 32 grandes compositions hors texte.

136. **Monnier** (H). Scènes populaires dessinées à la plume par Henry Monnier, nouv. édit, *Paris, Dentu*, 1879, 2 vol. in-8. br., couv.

Edition illustrée.

137. **Monselet** (Ch.). Petits Mémoires littéraires. *Paris, G. Charpentier et Cie*, 1885, in-12, br.

Edition originale avec la couverture.
Exemplaire sur papier de Hollande.

138. **Montaut** (Henry de). Voyage au Pays Enchanté. Cannes, Nice, Monaco, Menton, préface par A. Houssaye. *Paris, Dentu*, 1880, in 4, nomb. fig dans le texte, cartes, pl. et eaux-fortes hors texte, br., couv. illust.

139. **Montesquieu.** Lettres Persanes, avec une préface par M. Tourneux. Dessins d'Ed. de Beaumont, gravés à l'eau-forte par Boilvin. *Paris, Librairie des Bibliophiles*, 1886, 2 vol. in-8, br., couv.

L'un des 10 exemplaires tirés sur papier du Japon, contenant les gravures en triple épreuve.

140 **Montesquieu.** Lettres Persanes, avec une préface par M. Tourneux, dessins d'Ed. de Beaumont, gravés à l'eau-forte par Boilvin. *Paris, Librairie des Bibliophiles*, 1886, 2 vol. in-8, br., n. c., couv.

L'un des 20 exemplaires tirés sur papier Whatman, avec double épreuve des figures, *avant la lettre et avec la lettre.*

141. **Mouton** (Eug.). Chimère. *Paris, librairie Moderne*, 1887. in-12, br.

Edition originale avec la couverture.
L'un des 10 exemplaires sur papier de Hollande.

142. **Nadaud** (G.). Une Idylle, avec 11 planches hors texte, d'après les dessins de Alb. Aublet. *Paris, librairie des Bibliophiles*, 1883, in-4, pap. vél., titre r. et n , br , couv. illust.

Tiré à petit nombre.
On y a ajouté la suite des eaux-fortes d'Aublet. Epreuves avant la lettre sur papier vélin.

143. **Néel.** Voyage de Paris à Saint-Cloud par mer et retour de Saint-Cloud à Paris par terre, avec une préface et des notes par E. Legrand, aquarelles de Jeanniot. grav. par Gillot. *Paris, A. Lahure*, 1884, in-8, br., couv. ill

144. **Newsky** (P).Les Danicheff, comédie en quatre actes. *Paris, C. Levy*, 1879, in-8, br.

Edition originale avec la couverture.
L'un des 25 exemplaires tirés sur papier de Hollande.

145. **Ohnet** (G.). Les Batailles de la vie. *Paris, Ollendorff*, 1883-86, 4 vol. in-12, br.

Serge Panine.— La Comtesse Sarah. — La Grande Marnière. — Les Dames de Croix Mort.
Editions originales. — Exemplaires sur papier de Hollande, avec les couvertures.

146. **Ohnet** (G.). Le Maître de Forges, illustrations par Sahib. *Paris, librairie illustrée et P. Ollendorff, s. d.*, in-8, br., couv.

Exemplaire sur grand papier vélin teinté.

147. **PAILLERON** (Edouard). Le Monde où l'on s'ennuie, comédie. *Paris, Calmann Lévy*, 1881, in-8, br.

Edition originale avec la couverture.
L'un des 5 exemplaires tirés sur papier de Chine.

148. **Pailleron** (Edouard). Le Monde où l'on s'ennuie, comédie. *Paris, Calmann Lévy*, 1881, in-8, br.

Edition originale avec la couverture.
L'un des 25 exemplaires tirés sur papier de Hollande.

149. **Pailleron** (Edouard). Le Théâtre chez Madame. *Paris, Calmann Lévy*, 1881, in 8, br.

Edition originale avec la couverture.
L'un des 5 exemplaires tirés sur papier de Chine.

150. — *Le même ouvrage*, même édition, l'un des 25 exemplaires tirés sur papier de Hollande.

151. **Paris archéologique.** Collection des anciennes descriptions de Paris, introductions, notes et commentaires par l'abbé Valentin Dufour, avec préface générale du Bibliophile Jacob. *Paris, Quantin*, 1878-1883, 10 vol. in-8 écu, avec grav. dans le texte et hors texte, br., n. c., couv.

L'un des 30 exemplaires tirés sur papier de Chine.

152. **Parnasse contemporain** (Le). Recueil de vers nouveaux (1866-1869-1876). *Paris, Lemerre,* 1866-1876, 3 vol. gr. in-8, br., couv.

153. **Patara et Bredindin.** Aventures et mésaventures de Deux Gabiers en bordée, par E. P., ex-fourrier du Suffren. Illustrées de 150 croquis à la plume par Paul Léonnec. *Paris, Vanier,* 1881, in-8, br., n c. couv. illust.

Exemplaire sur papier vergé. N° 71.

154. **Piedagnel** (A.). Hier (poésies). *Paris, C. Molleroz,* 1882, in-8, front. et vign., dess. par Paul Avril, br., couv.

L'un des 100 exemplaires tirés sur papier du Japon. N° 67.

155. **Piedagnel** (A.). Jadis, Souvenirs et Fantaisies, avec 6 eaux-fortes de Marcel d'Aubépine. *Paris, Liseux,* 1886, gr. in-8, br., n. c., couv.

L'un des 350 exemplaires tirés sur papier fort de Hollande. N° 170.

156. **Prévost** (l'Abbé). Histoire de Manon Lescaut et du chevalier des Grieux, précédée d'une préface par Alex. Dumas fils, texte revu par A. de Montaiglon. *Londres, L. Glady,* 1878, in-18, titre r. et n., br., n. c., couv.

L'un des 25 exemplaires tirés sur papier de Chine.

157. **Prévost** (l'Abbé). Histoire de Manon Lescaut et du chevalier des Grieux, préface de Guy de Maupassant. Illustrations de Maurice Leloir. *Paris, H. Launette,* 1885, in-4, pap. vélin de Holl., avec supplément de 2 nouvelles aquarelles, grav. à l'eau-forte par A. Boulard fils, br., couv. imp.

158. **Quévedo** (F. de). Histoire de Pablo de Ségovie (el gran tacano), traduite de l'espagnol et annotée par A. Germond de Lavigne. Illustrée de nombreux dessins par D. V. Vierge. *Paris, Bonhoure,* 1882, in-8, br., couv.

L'un des 15 exemplaires tirés sur papier du Japon. N° 4.

159. **Quinze Joeys de mariage** (Les), avec des notes et un glossaire par D. Jouaust et une préface de L. Ulbach. Eaux-fortes par Ad. Lalauze *Paris, librairie des Bibliophiles,* 1887, in-16, br., couv.

L'un des 20 exemplaires tirés sur papier du Japon, avec épreuves des gravures avant la lettre.

160. **Rabelais** (Les Cinq livres de), avec des variantes et un glossaire par P. Chéron, et ornés de 11 eaux-fortes par E. Boilvin. *Paris, librairie des Bibliophiles*, 1876, 5 vol. in-16, pap. de Holl., br., couv.

Epuisé.

161. **Ramiro** (E.). Catalogue descriptif et analytique de l'Œuvre gravé de Félicien Rops, précédé d'une notice biographique et critique. Orné d'un Frontispice et de Gravures, d'après, des Compositions inédites de Félicien Rops, et de Fleurons et Culs-de-lampe, d'après F. Rops, Jean La Palette et Louis Legrand *Paris, L. Conquet*, 1887, gr. in-8, br., couv. gravée donnant le portr. de F. Rops.

Tirage unique à 550 exemplaires.
L'un des 500 exemplaires tirés sur papier vélin. N° 75.

162. **Reliure ancienne et moderne** (La). Recueil de 116 planches de reliures artistiques des XVIe, XVIIe, XVIIIe et XIXe siècles, ayant appartenu à Grolier, Henri II, François Ier, Diane de Poitiers, Marguerite de Valois, Louis XIII. Mazarin, etc , et exécutées par Le Gascon, Clovis et Nicolas Eve, Hardy-Mennil, Bauzonnet, Belz-Niédrée, etc. Introduction par G. Brunet, accompagnée d'une Table explicative avec notice descriptive de 31 reliures des plus remarquables. *Paris, Rouveyre et Blond*, 1884, in-4, pap. vergé, pl en noir et en couleurs, br., couv.

163. **Renan** (E.). Vie de Jésus, avec une préface nouvelle, Edition illustrée de 60 dessins par Godefroy Durand. *Paris, M. Lévy frères*, 1870, gr. in-8, titre r. et n., br., n. c., couv.

Exemplaire en grand papier de Hollande.

164. **Renan** (E.). Souvenirs d'enfance et de jeunesse. *Paris, C. Lévy*, 1883, in-8, br.

Edition originale avec la couverture.
L'un des 50 exemplaires tirés sur papier de Hollande.

165. **Renan** (E.). L'Abbesse de Jouarre, drame. *Paris, C. Lévy*, 1886, in-8, br.

Edition originale avec la couverture.
L'un des 25 exemplaires tirés sur papier du Japon.

166. **Richepin** (J.). Le Pavé. *Paris, Dreyfous*, 1883, in-16, br., couv.

L'un des 30 exemplaires tirés sur papier de Hollande.

167. **Richepin** (J.). La Chanson des Gueux. *Paris, Dreyfous*, 1885, in-4, br., couv.

L'un des 425 exemplaires tirés sur papier vélin, avec les Pièces supprimées et une eau-forte par H. Lefort.

168. **Richepin** (J.). La Mer. *Paris, Dreyfous*, 1886, in-4, br., couv.

L'un des 30 exemplaires tirés sur papier de Hollande.

169. **Richepin** (J.). Madame André. *Paris, Dreyfous*, 1887, in-16, br., couv.

Edition originale.
L'un des 10 exemplaires tirés sur papier Whatman.

170. **Robida** (A.). Le Vingtième Siècle. Texte et Dessins par A. Robida, nouvelle édition. *Paris, G. Decaux*, 1884, in-4, nomb, fig. dans le texte et planches hors texte en couleurs et en noir, cart. toile verte, fers spéciaux, tr. dor.

171. **Roger Peyre**. Napoléon Ier et son temps. Histoire militaire, gouvernement intérieur, lettres, sciences et arts. Ouvrage illustré de 13 planches en couleur et 431 gravures et photogravures, d'après les documents de l'époque et les monuments de l'art, et accompagné de 21 cartes ou plans. *Paris, F.-Didot et Cie*, 1888, in-4, couv.

172. **Rollinat** (M.). Les Névroses, les Ames, les Luxures, les Refuges, les Spectres, les Ténèbres, avec un portrait de l'auteur par F. Dumoulin. *Paris, Charpentier*, 1883, in-12, br., n. c., couv.

L'un des 50 exemplaires tirés sur papier de Hollande.

173. **Ronsseau** (J. J.) (Les Confessions de), avec une préface par Marc-Monnier. 13 Eaux-fortes par Ed. Hédouin. *Paris, Librairie des Bibliophiles*, 1881, 4 vol. in-8, br., n. c., couv.

L'un des 10 exemplaires tirés sur papier du Japon, avec triple épreuve des gravures.

174. **Saint-Pierre** (B. de). Paul et Virginie, précédé d'une étude sur les origines de Paul et Virginie par S. Cambray. Eaux-fortes de Laguillermie. *Paris, Librairie des Bibliophiles*, 1878, in-8 écu, br., couv.

L'un des 170 exemplaires tirés sur papier de Hollande.

175. **Saint-Victor** (Paul de). Anciens et Modernes. *Paris, C. Lévy*, 1886, in-8, br., couv.

L'un des 25 exemplaires tirés sur papier de Hollande.

176. **Sand** (G.). Mauprat. 10 compositions par Le Blant, gravées à l'eau-forte par H. Toussaint. *Paris, Quantin*, 1886, in-8, pap. vélin, br., couv. avec médaillon en or repoussé en relief.

177. **Sardou** (V.). Les Pattes de Mouche, comédie en trois actes, nouv. édit. conforme à la représentation de la Comédie Française. *Paris, C. Lévy*, 1884, in-12, br., couv.

L'un des 15 exemplaires tirés sur papier de Hollande.

178. **Scarron**. Le Roman comique, avec une préface par Paul Bourget. Eaux-fortes par Léop. Flameng. *Paris, Librairie des Bibliophiles*, 1880, 2 vol. in-8, br., couv.

L'un des 10 exemplaires tirés sur papier du Japon, contenant les gravures en triple épreuve.

179. **Scholl** (A.). Les Fables de La Fontaine filtrées. Illustrations de E. Grivaz. *Paris, Dentu*, 1886, in-8, br., couv. illust.

Exemplaire tiré sur papier vergé de Hollande. Tiré à petit nombre.

180. **Silvestre** (A.). Chroniques du temps passé. Le Conte de l'Archer. Aquarelles de A. Poirson gravées par Gillot. *Paris, Lahure et Rouveyre*, 1883, in-8, br., n. c., couv. impr. en couleurs.

L'un des 125 exemplaires tirés sur papier du Japon.

181. **Simon** (J.). Une Académie sous le Directoire. *Paris, C. Levy*, 1885, in-8, br., couv.

L'un des 20 exemplaires tirés sur papier de Hollande.

182. **Straparole** (Les Facétieuses Nuits du Seigneur J.-F.), traduites par J. Louveau et P. de Larivey, pub. avec une préface et des notes par G. Brunet, 14 dessins de J. Garnier, gravés à l'eau-forte par Champollion. *Paris, librairie des Bibliophiles*, 1882, 4 vol. in-8, br., n. c., couv.

L'un des 10 exemplaires tirés sur papier du Japon, contenant les gravures en triple épreuve.

183. **Swift**. Les Quatre Voyages du Capitaine Lemuel Gulliver, trad. de l'abbé Desfontaines, revue, complétée, et précédée d'une notice par H. Reynald, gravures à l'eau-fortes par Lalauze. *Paris, librairie des Bibliophiles*, 1875, 4 part. en 1 vol. in-16, mar. La Vall., foncé, dos orné, large dent. à petits fers sur les plats, dent. int., tr. dor. (*Ducharne*)

L'un des 25 exemplaires tirés sur papier de Chine, avec épreuves des gravures avant la lettre.

184. **Swift** (J.). Voyages de Gulliver, traduction nouvelle et complète par B.-H. Gausseron. Illustrations en couleurs par Poirson. *Paris, Quantin, s. d.*, gr. in-8, orné de 245 gravures presque toutes imprimées en aquarelles de 6 à 10 tons de couleurs, br., couv. en couleurs.

L'un des 100 exemplaires tirés sur papier du Japon. N° 50. Epuisé.

185. **Tasse**. Aminte, traduction du sieur de La Brosse, avec une préface par H. Reynald, compositions de V. Ranvier, gravées à l'eau-forte par Champollion. Dessins de H Giacomelli, gravés sur bois par Méaulle. *Paris, librairie des Bibliophiles*, 1882, in-16, pap. vél. de Holl., texte encadré de fil. r., br., couv.

186. **Theuriet** (A.). Au Paradis des Enfants. *Paris, Ollendorff*, 1887, in-12, br.

Edition originale avec la couverture.
L'un des 10 exemplaires tirés sur papier de Hollande.

187. **Thierry** (Ed.). Charles Varlet de La Grange et son registre. *Paris, J. Claye*, 1876, gr. in-8, demi-rel , dos et coins de chag. r., dos orné, fil., tête dor., non rog.

Exemplaire sur papier de Chine avec envoi autographe de l'auteur.

188. **Tondouze** (G.). Fleur d'Oranger. *Paris, Victor Havard*, 1887, in-12, br.

Edition originale avec la couverture.
Exemplaire tiré sur papier de Hollande.

189. **UCHARD** (M.). Mon Oncle Barbassou, orné de 40 compositions gravées à l'eau-forte par Paul Avril. *Paris, J. Lemonnyer*, 1884, in-8, br., n. c., couv.

L'un des 50 exemplaires tirés sur papier du Japon, avec les Eaux-fortes pures des 40 compositions de Paul Avril, et une suite des Eaux-fortes terminées, tirées à part, avec le nom de l'artiste à la pointe sèche.
On y a ajouté une suite de 17 planches, épreuves d'artiste, eaux-fortes pures, planches refusées, etc., etc.

190. **Uchard** (M.). Mademoiselle Blaisot. *Paris, C. Lévy*, 1884, in-12, br., n. c.

Edition originale avec la couverture. — L'un des 25 exemplaires tirés sur papier de Hollande.

191. **Uchard** (M.). Mademoiselle Blaisot. *Paris, C. Lévy*, 1884, in-12, br.

Edition originale avec la couverture. — L'un des 10 exemplaires tirés sur papier du Japon.

192. **Uchard** (M.). Joconde Berthier. *Paris, C. Lévy*, 1886, in-12, br., n. c., couv.

Edition originale avec la couverture.
L'un des 15 exemplaires tirés sur papier du Japon.

193. **Ulbach** (L.). Lettres à Jacques Souffrant, ouvrier. *Paris, Garnier frères*, 1851, in-8, br., n. c.

Edition originale avec la couverture. Envoi autographe de l'auteur.

194. **UZANNE** (O.). Caprices d'un Bibliophile. *Paris, Rouveyre*, 1878, in-12, titre r. et n., br., n. c.

On y a ajouté le tirage à part du frontispice sur papier rose.

195. **Uzanne** (O.). Le Bric-à-Brac de l'amour, préface de J. Barbey d'Aurevilly, frontispice gravé à l'eau-forte par Ad. Lalauze. *Paris, Rouveyre*, 1879, in-8 écu, demi-rel., dos et coins de mar. r., dos orné, fil., tête dor., non rog. *(Pouget)*.

L'un des 30 exemplaires tirés sur papier Whatmann.

196. **Uzanne** (O.). Les Surprises du cœur. *Paris, Rouveyre*, 1881, in-8, front. à l'eau-forte par Géry-Richard, fleurons, culs-de-lampe et lettres ornées, br., couv. illust.

L'un des 12 exemplaires tirés sur papier du Japon.

197. **Uzanne** (O.). **L'ÉVENTAIL**, illustrations de Paul Avril. *Paris, Quantin*, 1882, gr. in-8, br., couv. en chromolithographie, tirée en cinq couleurs et or.

L'un des 100 exemplaires tirés sur papier du Japon. N° 39.

198. **Uzanne** (O.). **L'OMBRELLE**, le Gant, le Manchon, illustrations de Paul Avril. *Paris, Quantin*, 1883, gr. in-8, br., couv. en chromotypographie, tirée en cinq couleurs et or.

L'un des 100 exemplaires tirés sur papier du Japon. N° 38.

199. **Uzanne** (O.). La Française du siècle. Modes, Mœurs, Usages Illustrations à l'aquarelle de Alb. Lynch, gravées à l'eau-forte, en couleurs par Eug. Gaujean. *Paris, Quantin*, 1886, gr. in-8, pap. des Vosges teinté, br.,couv. illust. (*emboitage*).

200. **Uzanne** (O.). Nos Amis, les Livres. Causeries sur la littérature curieuse et la librairie. *Paris, Quantin*, 1886, in-18, pap. de Holl., front. à l'eau-forte, par Manesse, d'après Lynch, br., couv. pap. maroquin, frappé d'une décoration en or.

201. **Uzanne** (O.). La Reliure moderne, artistique et fantaisiste. Illustrations reproduites d'après les originaux par P. Albert-Dujardin et dessins allégoriques de J. Adeline, G. Fraipont, A. Giraldon, frontispice de Alb. Lynch, gravé par Manesse. *Paris, Roureyre*, 1887, gr. in-8, br., couv.

L'un des 100 exemplaires tirés sur papier de la manufacture impériale de Tokio (Japon), avec double épreuve du frontispice. N° 10.

202. **Vacquerie** (A.). Tragaldabas, édition illustrée de 54 compositions de Edouard Zier, gravées par F. Méaulle. *Paris, Chamerot*, 1886, in-4, br., couv.

Tirage unique à 600 exemplaires.
L'un des 500 tirés sur papier vélin blanc. N° 294.

203. **Vidal** (A.). La Chapelle St-Julien-des-Ménestriers et les Ménestrels à Paris, 6 planches gravées à l'eau-forte par Fréd. Hillemacher. *Paris, Quantin*, 1878, in-4, br., couv.

Tiré à 550 exemplaires numérotés.
L'un des 15 exemplaires tirés sur papier Whatman, avec double épreuve des planches, sur Japon et Hollande.

204. **Vigeant.** Un Maître d'Armes sous la Restauration. Dessins de Marcel et Deville, gravures de Pannemaker. *Paris, imprimé par Motteroz*, 1883, in-8 écu, titre r. et n., portr. à l'eau-forte par Ch. Courtry, br., couv.

L'un des 39 exemplaires tirés sur papier vélin à la forme, avec double épreuve du portrait.

205. **Villars** (P.). L'Angleterre, l'Ecosse et l'Irlande, 4 cartes en couleur et 600 gravures. *Paris, Quantin, s. d.*, in-4, rel. toile gren., fers spéciaux, tr. dor., couv. en chromolithographie.

206. **Villeneuve-Guibert** (Cte G. de). Le Portefeuille de Mme Dupin, dame de Chenonceaux, orné du portrait de Mme Dupin, d'après Mattier, et de fac-similes d'autographes de Mme Dupin, l'abbé de Saint-Pierre et J.-J. Rousseau. *Paris, C. Lévy*, 1884, in-8, br., couv.

L'un des 10 exemplaires tirés sur papier du Japon.

207. **Villeneuve-Guibert** (Cte G. de). Le Portefeuille de Mme Dupin, dame de Chenonceaux.... Orné du portrait de Mme Dupin, d'après Nattier et du fac-similes d'autographes de Mme Dupin, l'abbé de Saint-Pierre et J.-J. Rousseau. *Paris, C. Lévy*, 1884, in-8, br., n. c., couv.

L'un des 25 exemplaires tirés sur papier de Hollande.

208. **VOGUÉ** (Vte Eug. Melchior de). Histoires d'hiver, un frontispice et 10 vignettes gravés par A Nargeot, d'après de Sta et Martin. *Paris, C. Lévy*, 1885, pet. in-8, br., couv. repliée.

L'un des 225 exemplaires tirés sur papier vélin à la cuve. N° 98.

209. **Voltaire. LES VOUS ET LES TU**, épître de M. de Voltaire, ornée de lithographies à la plume par Fraipont. *Paris, imprimé pour les Amis des Livres*, 1883, plaq. gr. in-8, br., couv.

Exemplaire avec les lithographies tirées à part sur papier du Japon, sans texte, et sur papier vélin avec texte.

210. **Zola** (E.). Une Page d'Amour, précédée d'une lettre-préface, avec dessins d'Edouard Dantan, gravés à l'eau-forte par A. Duvivier. *Paris, librairie des Bibliophiles*, 1884, 2 vol gr. in-8, br., couv. repliée.

L'un des 20 exemplaires tirés sur papier Whatman, avec double épreuve de gravures (*Avant et avec la lettre*).

www.ingramcontent.com/pod-product-compliance
Ingram Content Group UK Ltd.
Pitfield, Milton Keynes, MK11 3LW, UK
UKHW021034260726
13994UKWH00005B/2138